Kochen mit Pilzen

Vom Steinpilz bis zum Pfifferling

Kochen mit Pilzen

Vom Steinpilz bis zum Pfifferling

OTUS

Vorwort

Zu den besonderen Genüssen in der feinen Küche gehören köstliche Pilzgerichte. Champignons, Egerlinge oder Austernseitlinge zählen zu den bekanntesten Zuchtpilzen, die es während des ganzen Jahres frisch auf dem Markt gibt. Man muss kein Pilzkenner sein, um aus diesem herrlichen Gemüse schmackhafte Gerichte zubereiten zu können.

Durch ihren hohen Anteil an wertvollen Inhaltsstoffen wie Vitaminen, Mineralstoffen, Eiweiß und Kohlehydraten sind sie eine gesunde und kalorienarme Zutat für Suppen, Salate und Saucen. Mit frischen Speisepilzen bringen Sie für Anhänger der vegetarischen Küche schnell ein duftendes und sättigendes Ragout ganz ohne Fleisch auf den Tisch. Aufläufe, Gratins oder deftige Kuchen mit Pilzen, Pilzfüllungen für Pasteten oder Gemüse sorgen für Abwechslung im Küchenalltag und bereichern festliche Menüs.

Pilze haben eine kurze Garzeit und sind deshalb auch ideal, wenn es schnell gehen muss. Mit Nudeln, Reis oder Kartoffeln vom Vortag lassen sich frische Pilze zu einem pikanten Mittagessen oder einem leckeren Auflauf verarbeiten. Mit frischen Kräutern und Gewürzen erhalten sie eine interessante Note. Ein zartes Omelett oder Rührei mit geschmorten Pilzen wird mit einem grünen Salat als vollwertiges, leicht verdauliches Abendessen serviert.

Wenn Gäste kommen, lassen sich mit Pilzen raffinierte Pizzen oder Gemüsekuchen vorbereiten, die mit Käse überbacken und einem guten Glas Wein oder einem kühlen Bier als willkommener Imbiss aufgetischt werden.

Durch tiefgekühlte Pilze oder Pilzkonserven reduziert sich die Vorbereitungszeit in der Küche erheblich. Die Qualität dieser Pilze ist ausgezeichnet, die Vitamine, Inhaltsstoffe und der Pilzgeschmack bleiben erhalten. Sie können direkt aus der Packung oder dem Glas in die Pfanne gegeben und gedünstet oder geschmort werden.

Frische Champignons, Egerlinge oder Steinpilze können gedünstet und in einem selbst zubereiteten Würzöl eingelegt werden und sind hervorragend als Antipasti oder als Begleiter auf dem kalten Buffet geeignet. Regionale Gerichte, aber auch exotische Köstlichkeiten aus dem Wok werden mit frischen oder getrockneten Pilzen zu unvergesslichen Geschmackserlebnissen.

Das vorliegende Kochbuch ist eine Fundgrube für ausgezeichnete Pilzgerichte zu vielen Anlässen. Ob Vegetarier oder Anhänger von Fleisch – jeder findet sein Lieblingsgericht. Ein knackiger, gemischter Salat mit frischen Champignonscheiben oder eine Pilzsauce zu Wild und Fisch sind Delikatessen, die von Kennern geschätzt werden.

Nutzen Sie möglichst oft das vielseitige Angebot an frischen Speisepilzen, um daraus schmackhafte Spezialitäten für Ihre Familie oder Gäste zuzubereiten. Die Pilze in den Rezepten können Sie jederzeit und je nach Angebot auf dem Markt natürlich problemlos austauschen oder kombinieren.

Viel Spaß bei der Auswahl der Rezepte, gutes Gelingen und vor allem guten Appetit beim Genießen der köstlichen Pilzgerichte wünscht Ihnen

Ihre Redaktion.

Wissenswertes über Speisepilze

Pilzkenner schwören auf wild wachsende Pilze, die sie in Wäldern und Wiesen selbst sammeln. Wer sich mit diesen Köstlichkeiten allerdings nicht gut auskennt, sollte als Alternative auf Zuchtpilze zurückgreifen, die im Supermarkt oder auf dem Wochenmarkt während des ganzen Jahres in guter Qualität angeboten werden. Zuchtpilze sind, im Gegensatz zu Wildpilzen, nicht mit Schwermetallen oder durch Umweltverschmutzungen belastet.
Stehen einmal keine frischen Pilze zur Verfügung, so bietet der Handel auch Steinpilze, Pfifferlinge, Stockschwämmchen, Champignons oder Mischpilze als Konserven an. Sie sind küchenfertig zubereitet und werden je nach Sorte kurz mitgekocht oder nach Ende der Garzeit dem Gericht hinzugefügt.

Champignons
Einen Spitzenplatz unter den Zuchtpilzen nehmen die Champignons ein. Sie werden in speziellen Zuchtbetrieben auf Pferdemist oder Strohkompost kultiviert und laufend frisch geerntet. Sie enthalten viele Vitamine, z. B. Vitamin B_2, B_3 und B_{12}, die Mineralstoffe Kalium, Phosphor, Magnesium und Eisen sowie Ballaststoffe, Eiweiß und Aminosäuren. Mit nur ca. 15 Kalorien pro 100 g sind sie ideal für die leichte Küche.

Champignons werden in verschiedenen Wachstumsstadien und Farben angeboten. Sie können wählen zwischen weißen, cremefarbenen oder braunen Arten. Kleine, weiße Champignons galten lange Zeit als die besten, Kenner schätzen allerdings die dunkleren, ausgewachsenen Champignons, weil sie mehr Aroma haben.

Die braunen Champignons sind unter den Namen Egerling oder Steinpilzchampignon erhältlich. Sie haben ein kräftigeres Aroma als weiße Champignons. Die Hüte der Egerlinge sollten beim Kauf geschlossen, die Unterseite hellrosa sein. Dunkelviolette Egerlinge sind nicht mehr frisch.

Beim Kauf von Champignons ist darauf zu achten, dass sie möglichst fest und dickfleischig sind. Sie dürfen nicht beschädigt, angetrocknet, schmierig oder fleckig sein. Im Kühlschrank können Champignons 1–2 Tage luftdurchlässig im Gemüsefach gelagert werden. Vor dem Verbrauch entfernt man anhaftende Erde möglichst mit einem Pinsel und schneidet das untere Ende des Stieles ab. Werden Champignons gewaschen, so müssen sie sorgfältig trockengetupft und anschließend sofort verarbeitet werden. Kleine Champignonköpfe können im Ganzen, größere in Scheiben geschnitten, halbiert oder geviertelt werden.

Große Champignonhüte eignen sich ausgezeichnet zum Braten, Grillen, Füllen oder Überbacken. Champignons können zu vielen Gerichten verarbeitet werden. Sie schmecken roh, gedünstet oder gebraten, als Cremesuppe, in Salaten oder als Geschmackszutat für feine Saucen.

Austernpilze
Wegen ihres Geschmacks werden Austernseitlinge auch Kalbfleischpilze genannt. Sie gehören neben den Champignons zu den meistgekauften Speisepilzen. Die muschelförmigen, kurzstieligen Pilze werden auf Ballen mit klein gehäckseltem Stroh gezüchtet, wo sie büschelweise oder dachziegelartig wachsen. Je nach Anbaubedingung und Art haben sie eine weiße, gelbliche, graue, blaue oder braune Färbung. Die Hüte sind nach unten gebogen, fächerartig und haben einen Durchmesser von 4–10 cm.

100 g Austernseitlinge, auch Austernpilze genannt, haben nur 30 Kalorien, außerdem Kalium, Calcium, Phosphor, Magnesium, Eisen und 1,7 g Eiweiß. Wegen ihres intensiven Geschmacks verleihen schon wenige Exemplare einem Pilzgericht eine besondere Note. Vor der Zubereitung werden sie nur mit einem Pinsel gereinigt und die Stiele abgeschnitten. Die Lamellen und die Huthaut können mitverzehrt werden.

Steinpilze
Ein unvergleichliches Aroma weisen Steinpilze auf. Sie sind typische Waldbewohner, werden aber vom Frühsommer bis zum Herbst auf dem Markt in ausgezeichneter Qualität angeboten. Beim Kauf sollte man darauf achten, dass die Röhren noch hell und die Hüte unbeschädigt, ohne Fraßstellen und möglichst nicht von kleinen Würmern befallen sind.

Wer keine frischen Steinpilze bekommt, kann auf Tiefkühlpilze zurückgreifen. Sie sind bereits küchenfertig geputzt und können gebraten, in Butter geschwenkt oder klein geschnitten für leckere Gerichte verwendet werden.

Steinpilze können gut als Vorrat aufbewahrt werden. Dazu schneidet man die gereinigten Pilze in Scheiben und lässt sie im Schatten vollständig trocknen. Anschließend werden sie in Gläser gefüllt und vor dem Verbrauch kurze Zeit in warmem Wasser eingeweicht. Mit getrockneten Steinpilzen würzt man Braten- oder Sahnesaucen oder Marinaden und aromatisiert Suppen oder Eintöpfe.

Pfifferlinge
Die leuchtend gelbe Farbe ist das unverwechselbare Kennzeichen von Pfifferlingen. Sie sind vom Sommer bis zum Herbst auf dem Wochenmarkt erhältlich oder werden tiefgekühlt während des ganzen Jahres angeboten.

Shiitake
Speisen aus der fernöstlichen Küche verleihen Shiitake-Pilze das gewisse Etwas. Ihr Name bedeutet „Baumpilz", ihre Heimat ist Japan. Jährlich werden etwa 320 000 Tonnen dieser Baumpilze produziert. Shiitake haben pro 100 g etwa 50 Kalorien und 2,4 g leicht verdauliches Eiweiß. Sie sind mit Aminosäuren, B-Vitaminen und Provitamin D angereichert. In China werden sie wegen ihrer heilenden Wirkung geschätzt.

Shiitake schmecken lauchartig und leicht scharf. Das Fleisch ist fester als das der Champignons. Da sie bei der Zubereitung wenig Wasser verlieren, sind sie außerdem ergiebiger. Pro Portion rechnet man etwa 120–150 g Shiitake.

Shiitake werden möglichst trocken gereinigt. Da die Stiele zäh und faserig sind, entfernt man sie vor der Zubereitung. Shiitake werden gebraten oder gedünstet und können Eintöpfen, Reis- und Pfannengerichten beigemischt werden. Getrocknete Shiitake werden mit kochendem Wasser übergossen und 30 Minuten eingeweicht. Nach dem Abtropfen schneidet man sie klein, das Einweichwasser wird mitverwendet.

Morcheln
Charakteristisch für Morcheln ist die wabenartige, dunkelbraune Kappe. Die schmackhaften Pilze zählen zu den teuersten Speisepilzen und werden nur selten frisch im Frühling angeboten. Meist sind sie getrocknet erhältlich und müssen vor dem Verbrauch 30 Minuten in heißem Wasser eingeweicht werden, das Einweichwasser wird zum Kochen verwendet. Die Morcheln werden gründlich abgewaschen, um Sandreste zu entfernen, klein gehackt und geben Suppen, Saucen oder Ragouts einen intensiven Pilzgeschmack.

Trüffeln
„Schwarze Diamanten" oder „weiße Perlen" lassen die Herzen der Feinschmecker höher schlagen. Die wohl teuersten und berühmtesten Pilze sind an Aroma durch nichts zu übertreffen. Schwarze Trüffeln kommen hauptsächlich aus dem Perigord in Südfrankreich, weiße Trüffeln aus dem Piemont in Italien. Sie wachsen unterirdisch in Laubwäldern und werden mithilfe von speziell abgerichteten Schweinen oder Hunden aufgespürt. Es gibt etwa 70 Trüffelarten, davon 32 in Europa. Die beste Qualität garantieren nur die Wintertrüffeln, die ab Oktober geerntet werden. Schon einige hauchdünne Trüffelscheiben genügen, um raffinierte Gerichte zu aromatisieren.

Chinesische Pilze
In der asiatischen Küche verwendet man meist getrocknete Pilze. Man erhält sie im gut sortierten Supermarkt oder in Asia-Läden. Mu-Err, Wolkenohrpilze, schwarze Morcheln, Holzohr-Pilze, chinesische Strohpilze und getrocknete Shiitake sind die bekanntesten. Die Pilze sind schwarz oder braun und haben oft einen rauchigen Geschmack. Als Vorrat sind sie ideal, da sie lange Zeit haltbar sind, wenn man sie in luftdicht verschlossenen Gläsern aufbewahrt.

Alle getrockneten Pilze müssen vor dem Verbrauch in warmem Wasser etwa 30 Minuten eingeweicht werden. Während der Einweichzeit vergrößert sich das Volumen um ein Vielfaches, so reicht meist eine kleine Menge aus, um den Speisen das gewünschte Aroma zu verleihen. Nach dem Einweichen presst man die Pilze gut aus, entfernt die holzigen Stiele und schneidet oder hackt die Pilze klein. Das Einweichwasser kann zum Verfeinern von Suppen und Saucen oder zum Kochen von Reis verwendet werden. Chinesische Pilze passen zu Nudeln, Reis, Bambussprossen, Geflügel, Fleisch, Gemüse und Meerestieren und sind wichtige Zutaten für Wok- und Pfannengerichte.

Tipps und Tricks für die Zubereitung von Speisepilzen

Zuchtpilze kommen vorgeputzt in den Handel. Deshalb reicht es schon, wenn man sie mit einem Pinsel oder einer weichen Bürste reinigt. Müssen sie gewaschen werden, so sollte dies unter fließendem kaltem Wasser geschehen, damit sie sich nicht vollsaugen. Anschließend trocknet man sie gründlich ab und entfernt das untere Ende der Stiele. Die Haut von großen Champignons lässt sich leicht mit einem scharfen Messer entfernen. Klein geschnittene Champignons oder Egerlinge beträufelt man sofort mit Zitronensaft, damit sie nicht braun werden.

Frische Pilze können im Gemüsefach des Kühlschrankes oder im Keller 1–2 Tage aufbewahrt werden. Man entfernt die Plastikfolie von der Verpackung, damit sich kein Kondenswasser bildet und die Pilze nicht schimmeln. Zum Abdecken verwendet man ein Tuch oder Papier.

Werden Pilze nicht sofort verbraucht, sollten sie so frisch wie möglich eingefroren werden. Nach der gründlichen Reinigung schneidet man große Pilze in Scheiben oder in Viertel und füllt sie zum Frosten in Gefrierbeutel. Tiefgekühlte Pilze sollten nicht zu lange gelagert werden, da sonst das Aroma verloren geht. Gefrorene Pilze können ohne Auftauen für die verschiedensten Gerichte verwendet werden.

Reste von Pilzgerichten können ohne weiteres bis zum nächsten Tag aufbewahrt werden. Man kühlt sie in eiskaltem Wasser schnell ab, füllt sie in einen verschließbaren Behälter und stellt sie sofort in den Kühlschrank. Vor dem Verzehr lässt man das Gericht kurz aufkochen. Pilzgerichte können tiefgekühlt kurze Zeit gelagert werden. Man lässt sie im Kühlschrank auftauen und erhitzt sie vor dem Servieren ausreichend.

Pilze sind sehr kalorienarm und nährstoffreich. Bei der Zubereitung sollte man möglichst wenig Fett verwenden, um den „schlanken" Effekt nicht zu beeinträchtigen. Besonders lecker schmecken sie, wenn man sie in frischer Butter anschwitzt oder dünstet. Nutzt man beschichtete Pfannen und Töpfe, so kann die Fettmenge stark reduziert werden.

Zum Verfeinern eignen sich Sahne, Crème fraîche, Schmand oder Sauerrahm. Naturjogurt, Buttermilch, Kefir oder Dickmilch sind fettarme Geschmackszutaten für Saucen und Suppen. Sie werden erst nach Ende der Garzeit hinzugefügt, damit sie nicht gerinnen.

Olivenöl, Sesamöl, Erdnussöl, Sonnenblumenöl, Maiskeimöl oder Nussöle sind eine ausgezeichnete Alternative zu Butter. Sie sollten kaltgepresst und von hervorragender Qualität sein. Man kann die Pilze darin anschwitzen und dünsten, Salatdressings, Marinaden oder Dips erhalten durch diese Öle einen ganz besonders guten Geschmack.

Zum Überbacken von Pilzgerichten stehen leicht schmelzende Käsesorten zur Wahl. Mozzarella, Camembert und Blauschimmelkäse sind gute Begleiter von duftendem Toast. Mit würzigem Gouda, Bergkäse, Parmesan und Pecorino werden pikante Pilzkuchen und Gratins überbacken.

Gewürze und Kräuter für köstliche Pilzgerichte

Mit Salz sollte man beim Würzen sparsam umgehen, frische Kräuter und Gewürze aromatisieren auf gesündere Weise. Sehr gut passen frisch gemahlener weißer oder schwarzer Pfeffer, Cayennepfeffer und Paprikapulver für viele Zubereitungen. Eine Prise Muskat oder Muskatblüte würzt Pilzsoufflees, Gratins, Aufläufe oder eine Rahmsuppe. Wer es exotisch liebt, der greift auf Fünfgewürzpulver, Curry, Safran oder einen Hauch Kreuzkümmel zurück.

Worcestersauce, Sojasauce, Zitronensaft, Apfelessig, Weißwein oder Rotwein runden Pilzsaucen und Ragouts ab. Für die richtige Schärfe stehen Tabasco, Chilipfeffer oder Chillsauce zur Verfügung.

Sehr beliebt ist Petersilie, die man klein geschnitten unter das Gericht mischt. Zur Wahl stehen außerdem Schnittlauch, Kerbel, Estragon, Liebstöckel, Basilikum, Thymian oder Rosmarin. Küchenkräuter sollten nach Möglichkeit immer frisch verwendet werden, da sie so die meiste Würzkraft haben. Man gibt sie erst kurz vor dem Servieren an das Gericht und lässt sie nur kurz ziehen.

Eine interessante Note verleihen Szechuanpfeffer, frisch geriebener Ingwer, klein gehacktes Zitronengras oder Zitronenmelisse Speisen aus der fernöstlichen Küche.

Getrocknete Kräuter werden mitgekocht, damit sie ihr Aroma voll entfalten können. Kräuter der Provence, Lorbeerblätter, gerebelter Oregano oder Thymian sind ideale Begleiter für viele Kreationen in der Pilzküche.

Unverzichtbar für deftige Pilzgerichte sind Zwiebeln. Man dünstet die geschälten, gewürfelten oder in Streifen geschnittenen Zwiebeln im heißen Fett an, bevor die Pilze dazugegeben werden. Wer den kräftigen Zwiebelgeschmack nicht mag, der verwendet die zarteren Frühlingszwiebeln. Knoblauch passt zu Pilzsaucen, Suppen, Salaten oder Pilzgulasch.

Köstliche Pilzgerichte

Morchelconsommé mit Kalbsbrät

Für 4 Personen:

200 g frische, möglichst gleich große Morcheln (ersatzweise getrocknete oder eingelegte Morcheln)
150 g Kalbsbrät
50 ml süße Sahne
1 Eigelb
1 TL geriebene Zitronenschale
Salz, Pfeffer aus der Mühle
1 Prise Muskat
1 Prise Cayennepfeffer
einige Tropfen Madeira
1 l doppelte Rinderkraftbrühe
einige Tropfen Sherry medium
1 Bund Schnittlauch

1. Die Morcheln putzen, den Strunk herauslösen und die Morcheln bereitstellen.

2. Das Kalbsbrät in eine Schüssel geben, die Sahne und das Eigelb dazugeben und das Brät abschlagen.

3. Das Kalbsbrät mit Zitronenschale, Salz, Pfeffer, Muskat, Cayennepfeffer und Madeira kräftig abschmecken.

4. Die Morcheln mit dem Kalbsbrät vorsichtig füllen.

5. Die Rinderkraftbrühe erhitzen, die gefüllten Morcheln einlegen und bei mäßiger Hitze in 8-10 Minuten gar ziehen lassen.

6. Die Rinderkraftbrühe mit einigen Tropfen Madeira oder Sherry medium abrunden, dekorativ anrichten, mit dem verlesenen, gewaschenen und fein geschnittenen Schnittlauch bestreuen, garnieren und sofort servieren.

Kartoffelcremesuppe mit Trüffeln

Für 4 Personen:

1–2 EL Butter oder Margarine
1 Zwiebel, 500 g Kartoffeln
500 ml Gemüse- oder Fleischbrühe
Salz, Pfeffer aus der Mühle
1 Prise Cayennepfeffer
1 Prise Muskat
1 Prise Zucker
1 Becher süße Sahne
2 Eigelb
200 g in Gemüsebrühe gegarte Kartoffelkugeln
2 Trüffeln aus der Dose
Kräuterzweige zum Garnieren

1. Die Butter oder Margarine in einem Topf erhitzen und die geschälte, fein gehackte Zwiebel darin glasig schwitzen.

2. Die Kartoffeln schälen, in Würfel schneiden, zu der Zwiebel geben und kurz mitschwitzen.

3. Die Gemüse- oder Fleischbrühe angießen, zum Kochen bringen, mit Salz, Pfeffer, Cayennepfeffer, Muskat und Zucker abschmecken und bei mäßiger Hitze 15–20 Minuten köcheln lassen.

4. Die Kartoffelsuppe im Mixer oder mit dem Pürierstab pürieren und erneut erhitzen.

5. Die Kartoffelsuppe nochmals abschmecken, die Sahne und die Eigelbe miteinander verrühren und die Suppe damit legieren, vom Herd nehmen, nicht mehr kochen lassen.

6. Die Kartoffelcremesuppe dekorativ anrichten, die erhitzten Kartoffelkugeln in die Suppe legen, mit Trüffelscheiben bestreuen, mit Kräuterzweigen ausgarnieren und sofort servieren.

Hühnersuppe mit Zitronengras

Für 4 Personen:

1 Stängel Zitronengras
4 Zitronenblätter
1 Stück Galgant
400 ml Kokosmilch
500 ml Geflügelbrühe
500 g Hähnchenbrustfilets
1 TL rote Chilipaste
200 g frische Champignons
200 g Tomaten
Salz
Pfeffer aus der Mühle
einige Tropfen Zitronensaft
einige Tropfen Worcestersauce
Kräuterzweige zum Garnieren

1. Das Zitronengras und die Zitronenblätter unter fließendem Wasser waschen, gut abtropfen lassen, das Zitronengras in Stücke schneiden und die Zitronenblätter vierteln.

2. Den Galgant dünn schälen und in Scheiben schneiden.

3. Die Kokosmilch mit dem Zitronengras, den Zitronenblättern und dem Galgant in einen Topf geben, zum Kochen bringen und 4–5 Minuten ziehen lassen.

4. Anschließend das Zitronengras, die Zitronenblätter und den Galgant herausnehmen und die Geflügelbrühe angießen.

5. Die Hähnchenbrustfilets unter fließendem Wasser waschen, in Scheiben schneiden, in die Suppe geben und bei mäßiger Hitze 10–15 Minuten garen.

6. Die Chilipaste mit den geputzten, in Scheiben geschnittenen Champignons fünf Minuten vor Garende in die Suppe geben.

7. Die Tomaten enthäuten, entkernen, in Stücke schneiden, kurz vor Garende in die Suppe geben und erhitzen. Die Suppe mit Salz, Pfeffer, Zitronensaft und Worcestersauce abschmecken, anrichten, mit Kräuterzweigen ausgarnieren und sofort servieren.

Steinpilzsuppe mit Semmelknödeln

Für 4 Personen:

1-2 EL Butter oder Margarine
1 Zwiebel
200 g frische Steinpilze
200 g Kartoffeln
2-3 EL Haferflocken
100 ml Weißwein
400 ml Gemüsebrühe
200 ml Crème fraîche
Saft von 1 Zitrone
Salz, Pfeffer aus der Mühle
1 Prise Muskat
1 Prise Zucker

Außerdem:
3 altbackene Brötchen
125 ml lauwarme Milch
2 Eier
Semmelbrösel zum Binden
Gemüse- oder Fleischbrühe zum Garen
1/2 Bund Zitronenmelisse

1. Die Butter oder Margarine in einem Topf erhitzen und die geschälte, fein gehackte Zwiebel darin glasig schwitzen.

2. Die Steinpilze putzen, in Scheiben schneiden, einige schöne Scheiben beiseite stellen. Die restlichen Steinpilze klein schneiden, mit den geschälten, in feine Würfel geschnittenen Kartoffeln zu der Zwiebel geben und kurz mitschwitzen.

3. Das Ganze mit Haferflocken bestreuen, mit Weißwein ablöschen und die Gemüsebrühe angießen.

4. Die Suppe bei mäßiger Hitze 15 Minuten köcheln lassen, anschließend im Mixer oder mit dem Pürierstab pürieren und erneut erhitzen.

5. Die Crème fraîche einrühren, die Suppe mit Zitronensaft, Salz, Pfeffer, Muskat und Zucker abschmecken.

6. Für die Knödel die Brötchen in Scheiben schneiden, in eine Schüssel geben, mit der lauwarmen Milch übergießen, mit Salz und Pfeffer würzen und die Eier hinzufügen.

7. Das Ganze zu einem glatten Teig verarbeiten und nach Bedarf mit Semmelbröseln binden.

8. Die Semmelknödel portionsweise abdrehen, die Gemüse- oder Fleischbrühe erhitzen und die Knödel darin garen.

9. Die Steinpilzsuppe nochmals erhitzen, abschmecken, dekorativ anrichten, die in wenig Butter gebratenen Steinpilzscheiben und die Semmelknödel in die Suppe legen, das Ganze mit der verlesenen, gewaschenen, fein geschnittenen Zitronenmelisse bestreuen und sofort servieren.

Steinpilzcarpaccio mit Räucherlachs

Für 4 Personen:

300 g frische Steinpilze
einige Tropfen Zitronensaft
einige Tropfen weißer Balsamico-Essig, einige Tropfen Olivenöl
Salz, Pfeffer aus der Mühle

Außerdem:
200 g gemischte Blattsalate
400 g Räucherlachs
Kräuterzweige und Grissinis zum Garnieren

1. Die Steinpilze verlesen, putzen in hauchdünne Scheiben schneiden und dekorativ auf Tellern anrichten.

2. Die Steinpilze mit Zitronensaft, weißem Balsamico und Olivenöl beträufeln, mit Salz und Pfeffer würzen.

3. Die Blattsalate verlesen, waschen, gut abtropfen lassen und auf die Steinpilze ein Salatbukett legen.

4. Den Räucherlachs ebenfalls dekorativ darauf verteilen, das Ganze erneut mit Zitronensaft, Balsamico-Essig und Olivenöl beträufeln, leicht salzen und pfeffern, mit Kräuterzweigen und den Grissinis ausgarnieren und sofort servieren.

Champignon-Carpaccio mit Senfsauce

Für 4 Personen:

500 g frische Champignons
Saft von 1 Zitrone
Salz, Pfeffer aus der Mühle

Für die Senfsauce:
4 EL Dijonsenf
4 EL Majonäse
100 ml Olivenöl
Kräuterzweige zum Garnieren

1. Die Champignons verlesen, waschen, trockentupfen und in Scheiben schneiden.

2. Die Champignonscheiben dekorativ anrichten, mit Zitronensaft beträufeln, mit Salz und Pfeffer würzen.

3. Den Dijonsenf mit der Majonäse in einer Schüssel glatt rühren, tropfenweise das Olivenöl einrühren.

4. Die Senfsauce mit Zitronensaft, Salz und Pfeffer abrunden und gleichmäßig auf den Champignons verteilen.

5. Das Champignon-Carpaccio mit Kräuterzweigen ausgarnieren und sofort servieren.

Linsensalat mit Pilzen

Für 4 Personen:

500 g bissfest gegarte Linsen
1 Tasse Olivenöl
100 g durchwachsener, geräucherter Speck
1 Zwiebel
250 g Mischpilze (TK-Produkt)
1 Tasse Fleischbrühe
1/2 Tasse Weinessig
Salz
Pfeffer aus der Mühle
1 Prise Cayennepfeffer
1 TL Zucker

Außerdem:
250 g gemischte Blattsalate (Radicchio, Frisée, Endivie, Spinat)
2 Tomaten

1. Die bissfest gegarten Linsen in eine Schüssel geben und bereitstellen.

2. Das Olivenöl in einem Topf erhitzen und den in feine Streifen geschnittenen Speck darin auslassen.

3. Die Zwiebel schälen, in feine Würfel schneiden, zum Speck geben und kurz mitschwitzen.

4. Die Mischpilze dazugeben und unter ständigem Rühren 2–3 Minuten garen.

5. Die Fleischbrühe und den Weinessig angießen, einmal aufkochen lassen und das Ganze mit Salz, Pfeffer, Cayennepfeffer und Zucker abschmecken.

6. Die Linsen unterheben, den Topf vom Herd nehmen, nochmals abschmecken und abkühlen lassen.

7. Die Blattsalate verlesen, waschen, gut abtropfen lassen, in mundgerechte Stücke zerpflücken und dekorativ anrichten.

8. Die Tomaten waschen, den Strunk herausschneiden und die Tomaten achteln.

9. Den Linsensalat auf den Blattsalaten verteilen, mit Tomatenachteln ausgarnieren und sofort servieren.

Tomaten-Champignon-Salat

Für 4 Personen:

250 g frische Champignons
Saft von 1 Zitrone
1 Bund Frühlingszwiebeln
4 Tomaten

Für das Dressing:
50 ml Aceto balsamico
Salz, weißer Pfeffer aus der Mühle
1 Prise Cayennepfeffer
1 Prise Zucker
2 EL Olivenöl
einige Blätter grüner Salat, Zwiebelringe und Basilikum zum Garnieren

1. Die Champignons putzen, waschen, trockentupfen, in Scheiben schneiden, in eine Schüssel geben und mit Zitronensaft beträufeln.

2. Die Frühlingszwiebeln putzen, waschen, in Stücke schneiden. Die Tomaten waschen, den Strunk herausschneiden, die Tomaten in Scheiben schneiden. Die Zutaten auf Tellern anrichten.

3. Für das Dressing den Aceto balsamico mit Salz, Pfeffer, Cayennepfeffer und Zucker verrühren. Zum Schluss das Olivenöl einrühren.

4. Den Tomaten-Champignon-Salat mit dem Dressing beträufeln, mit Salatblättern, Zwiebelringen und Basilikum ausgarnieren und servieren.

Blattsalat mit Austernpilzen

Für 4 Personen:

400 g Blattsalate (Lollo rosso, Radicchio, Feldsalat)
400 g Austernpilze
1 Bund Frühlingszwiebeln
1–2 Knoblauchzehen, 1 TL Salz
1 TL Sonnenblumenöl
Pfeffer aus der Mühle

Außerdem:
100 ml frisch gepresster Orangensaft, 2 Schalotten
50 ml Weißweinessig
Salz, Pfeffer aus der Mühle
1 TL Olivenöl
100 g dünne Scheiben Putenschinken
1 rote Chilischote zum Garnieren

1. Die Blattsalate verlesen, waschen, gut abtropfen lassen und in mundgerechte Stücke zerpflücken.

2. Die Austernpilze putzen, waschen, trockentupfen und nach Bedarf klein schneiden. Die Frühlingszwiebeln putzen, waschen und in feine Ringe schneiden. Die geschälten und fein gehackten Knoblauchzehen mit Salz zu einer Paste zerreiben.

3. Das Sonnenblumenöl in einer beschichteten Pfanne erhitzen, Zwiebeln, Knoblauch und Pilze dazugeben und unter ständigem Rühren braten. Mit Salz und Pfeffer kräftig würzen.

4. Für das Dressing den Orangensaft mit den geschälten und fein gewürfelten Schalotten und dem Weißweinessig in einer Schüssel verrühren.

5. Mit Salz und Pfeffer abschmecken und zum Schluss das Olivenöl untermischen.

6. Die Blattsalate auf Tellern anrichten, mit dem Dressing beträufeln, das Pilzragout darauf verteilen, mit Putenschinkenscheiben und der in Scheiben geschnittenen Chilischote ausgarnieren und servieren.

Gebackener Mangold auf buntem Pilzsalat

Für 4 Personen:

1 kleiner Kopf Mangold

Für den Backteig:
200 g Mehl
250 ml Weißwein
2 Eier
Salz, Pfeffer aus der Mühle
Fett zum Ausbacken

Außerdem:
100 g frische Champignons
Saft von 1 Zitrone
1 kleine Salatgurke
200 g Zuckermais
4 Tomaten
einige Tropfen weißer Balsamico-Essig
einige Tropfen Olivenöl
4 Scheiben gekochter Schinken
Karotten und Limettenhälften zum Garnieren

1. Den Mangold verlesen, waschen, gut abtropfen lassen und in mundgerechte Stücke schneiden.

2. Für den Backteig das Mehl mit dem Weißwein und den Eiern in eine Schüssel geben und glatt rühren, mit Salz und Pfeffer würzen.

3. Die Mangoldblätter durch den Teig ziehen und im Fett schwimmend goldgelb ausbacken. Herausnehmen und gut abtropfen lassen.

4. Die Champignons verlesen, waschen, trockentupfen, in Scheiben schneiden, mit Zitronensaft beträufeln.

5. Mit der geputzten, gewaschenen, in Scheiben geschnittenen Salatgurke sowie dem gut abgetropften Zuckermais und den enthäuteten, entkernten, in Würfel geschnittenen Tomaten vermischen und auf Tellern dekorativ anrichten.

6. Das Ganze mit Balsamico-Essig und Olivenöl beträufeln, salzen, pfeffern und den gebackenen Mangold darauf anrichten.

7. Je eine Scheibe gekochten Schinken dazugeben, mit Karotten und Limettenhälften ausgarnieren und sofort servieren.

Gebratene Entenbrust auf Champignonsalat

Für 4 Personen:

4 küchenfertige Entenbrustfilets
Salz, Pfeffer aus der Mühle
1 TL Kräuter der Provence
Butterschmalz zum Braten
1 Knoblauchzehe

Außerdem:
200 g gemischter Blattsalat (Frisée, Feldsalat, weißer Radicchio)
100 g frische Spinatblätter
200 g Kirschtomaten
100 g frische Champignons
Saft von 1 Zitrone
Saft von 2 Orangen
1–2 EL Dijon-Senf
100 ml weißer Balsamico-Essig
100 ml Olivenöl
1 Prise Zucker
1 Prise Cayennepfeffer
Kräuterzweige zum Garnieren

1. Die küchenfertigen Entenbrustfilets waschen, trockentupfen, mit Salz, Pfeffer und Kräutern der Provence würzen.

2. Das Butterschmalz in einer Pfanne erhitzen. Die geschälte, fein gehackte Knoblauchzehe dazugeben und die Entenbrustfilets darin anbraten.

3. Die Filets in den auf 180–200 °C vorgeheizten Backofen schieben und 10–15 Minuten braten.

4. Inzwischen die Blattsalate und den Spinat verlesen, waschen, gut abtropfen lassen, in mundgerechte Stücke zerpflücken und auf Tellern dekorativ anrichten.

5. Die Kirschtomaten waschen, den Strunk herausschneiden, die Tomaten halbieren oder vierteln. Die Champignons putzen, waschen, trockentupfen, in Scheiben schneiden, mit Zitronensaft beträufeln und alles auf dem Salat verteilen.

6. Für das Dressing den Orangensaft mit dem Dijon-Senf und dem Balsamico-Essig glatt rühren, das Olivenöl dazugeben und das Ganze mit Salz, Pfeffer, Zucker und Cayennepfeffer würzen.

7. Die fertig gebratenen Entenbrustfilets aus dem Ofen nehmen, in Scheiben schneiden, noch warm auf dem Salat anrichten, mit dem Dressing beträufeln, mit Kräuterzweigen ausgarnieren und sofort servieren.

Pilzsalat mit gegrilltem Paprika

Für 4 Personen:

5 bunte Paprikaschoten
300 g gemischte Pilze
3–4 EL Olivenöl
1 Zwiebel
Salz, Pfeffer aus der Mühle
1 Prise Muskat
1 Prise Cayennepfeffer
je 1 TL gehackter Thymian und Rosmarin
75 ml Gemüse- oder Fleischbrühe
75 ml Weißweinessig
1/2 Bund Petersilie
1/2 Bund Basilikum
1–2 EL Ahornsirup
1 Kopf heller Eichblattsalat
1 Zwiebel
Kräuterzweige zum Garnieren

1. Die Paprikaschoten waschen, trockentupfen, auf ein Backblech stellen und im auf 180–200 °C vorgeheizten Backofen etwa 20 Minuten garen.

2. Die Paprikaschoten herausnehmen, enthäuten, halbieren, entkernen und in mundgerechte Stücke schneiden.

3. Die Pilze putzen, nach Bedarf klein schneiden. Das Olivenöl in einer Pfanne erhitzen. Die Zwiebel schälen, fein würfeln, ins Fett geben und glasig schwitzen.

4. Die Pilze dazugeben und unter ständigem Rühren braten. Mit Salz, Pfeffer, Muskat und Cayennepfeffer, Thymian und Rosmarin würzen und 4–5 Minuten dünsten.

5. Die Paprikastücke untermischen, kurz durchschwenken, mit der Gemüse- oder Fleischbrühe und dem Weißweinessig auffüllen und einmal aufkochen lassen.

6. Die verlesenen, gewaschenen und fein geschnittenen Kräuter mit dem Ahornsirup unter die Pilze rühren und nachwürzen.

7. Den Eichblattsalat verlesen, waschen, gut abtropfen lassen, in mundgerechte Stücke zerpflücken und dekorativ auf Tellern anrichten. Die Zwiebel schälen und in feine Ringe schneiden.

8. Den noch warmen Pilzsalat auf den Salatblättern verteilen, mit Zwiebelringen bestreuen, mit Kräuterzweigen ausgarnieren und servieren.

Champignons mit Pinienfüllung

Für 4 Personen:

12 große Champignonköpfe
Saft von 1 Zitrone

Für die Füllung:
250 g Ziegenfrischkäse
2 Eier
1–2 Schalotten
50 g getrocknete, in Öl eingelegte Paprikaschoten
50 g Pinienkerne
30 g gemischte, frische Kräuter (Estragon, Petersilie, Basilikum)
Salz, Pfeffer aus der Mühle
1 Prise Muskat
1 Prise Cayennepfeffer
Semmelbrösel zum Binden

Außerdem:
1–2 EL Butter
2–3 Knoblauchzehen
1 grüne Paprikaschote
1 Bund Frühlingszwiebeln
250 g Kirschtomaten

1. Die Champignonköpfe putzen, die Stiele herausdrehen und fein hacken. Champignonköpfe und das Gehackte mit Zitronensaft beträufeln.

2. Den Ziegenfrischkäse mit den gehackten Champignons, den Eiern, den geschälten und fein gehackten Schalotten, den fein gewürfelten Paprikaschoten, den gehackten Pinienkernen und den verlesenen, gewaschenen und fein gehackten Kräutern in einer Schüssel vermischen.

3. Die Masse mit Salz, Pfeffer, Muskat und Cayennepfeffer kräftig würzen, mit Semmelbröseln leicht binden. Die Masse in die Champignonköpfe füllen.

4. Die Butter in einer Pfanne erhitzen. Die Knoblauchzehen schälen und fein würfeln. Die Paprikaschote halbieren, entkernen und in mundgerechte Stücke schneiden.

5. Die Frühlingszwiebeln putzen, waschen und klein schneiden. Das Gemüse ins Fett geben und anschwitzen.

6. Die Kirschtomaten waschen, den Strunk herausschneiden, die Tomaten halbieren und zum Gemüse geben.

7. Das Gemüse in eine Auflaufform füllen. Die gefüllten Champignonköpfe einsetzen und in dem auf 180–200 °C vorgeheizten Backofen 20–25 Minuten garen.

8. Nach Ende der Garzeit die Champignons mit Pinienfüllung aus dem Ofen nehmen, mit dem Gemüse anrichten und servieren.

Champignons mit Seelachsfüllung

Für 4 Personen:

8–12 große Champignons

Für die Füllung:
400 g Seelachsfilets
einige Tropfen Zitronensaft
einige Tropfen Worcestersauce
Salz, Pfeffer aus der Mühle
Essigwasser zum Pochieren
2 Schalotten
1–2 Knoblauchzehen
2 EL Butter
2 Tomaten
1/2 Bund Frühlingszwiebeln
1 TL geriebene Zitronenschale
1/2 Bund Dill
100 g geriebener junger Gouda
Butter zum Ausfetten
100 ml Weißwein
Basilikum zum Garnieren

1. Die Champignons putzen, die Stiele herausdrehen, die Pilzhüte bereitstellen, die Stiele klein schneiden.

2. Für die Füllung die Seelachsfilets unter fließendem Wasser waschen, trockentupfen und in Würfel schneiden.

3. Mit Zitronensaft und Worcestersauce beträufeln, mit Salz und Pfeffer würzen und im Kühlschrank 10–15 Minuten ziehen lassen.

4. Das Essigwasser erhitzen und die Seelachswürfel darin pochieren, herausnehmen und warm stellen.

5. Die Schalotten und die Knoblauchzehen schälen und fein würfeln.

6. Die Butter in einer Pfanne erhitzen, Schalotten und Knoblauch darin glasig schwitzen.

7. Die gehackten Pilzstiele dazugeben und kurz mitschwitzen. Die Tomaten enthäuten, entkernen und in Würfel schneiden.

8. Mit den geputzten, gewaschenen und klein geschnittenen Frühlingszwiebeln hinzufügen und mitschwitzen.

9. Die Fischwürfel untermischen, durchschwenken, vom Herd nehmen und abkühlen lassen.

10. Die geriebene Zitronenschale und den verlesenen, gewaschenen und fein gehackten Dill und den geriebenen Gouda dazugeben und vorsichtig vermischen. Mit Salz, Pfeffer, Zitronensaft und Worcestersauce würzen.

11. Die Masse in die Pilzhüte füllen und diese in eine ausgefettete Auflaufform setzen, den Weißwein angießen und das Ganze in dem auf 180–200 °C vorgeheizten Backofen 15–20 Minuten garen.

12. Nach Ende der Garzeit die gefüllten Pilzhüte dekorativ anrichten, mit Basilikum garnieren und mit gemischten Blattsalaten in Chilivinaigrette servieren.

Panierte Champignons mit Reisfüllung

Für 4 Personen:

250 g Reis
Salzwasser

Außerdem:
1 Zwiebel
2–3 Karotten
2 Zucchini
2 Knoblauchzehen
2–3 EL Butter
125 ml Weißwein
375 ml Kalbsfond
2–3 Tomaten
einige Tropfen Zitronensaft
einige Tropfen Worcestersauce
Salz, Pfeffer aus der Mühle
1 Prise Cayennepfeffer
1 Prise Zucker

Für die Pilze:
100 g geriebener Butterkäse
8–12 große Champignons
1 Tasse Mehl
2–3 Eier
2 Tassen Semmelbrösel zum Panieren
Fett zum Ausbacken
Salatblätter zum Garnieren

1. Den Reis unter fließendem Wasser waschen, Salzwasser in einem Topf erhitzen und den Reis darin in 18–20 Minuten garen.

2. Den Reis abgießen, gut abtropfen lassen und in eine Schüssel geben.

3. Die Zwiebel und die Karotten schälen, in feine Würfel schneiden. Die Zucchini putzen, waschen und fein würfeln.

4. Die Knoblauchzehen schälen und fein hacken. Die Butter in einer Pfanne erhitzen und die Knoblauchzehen darin kurz anschwitzen.

5. Das Gemüse ins Knoblauchfett geben und kurz dünsten. 1/3 des Gemüses herausnehmen und unter den Reis mischen.

6. Das restliche Gemüse mit Weißwein ablöschen, den Kalbsfond angießen und bei mäßiger Hitze 6–8 Minuten köcheln lassen.

7. Die Tomaten enthäuten, entkernen, in Würfel schneiden und in die Sauce geben. Mit Zitronensaft, Worcestersauce, Salz, Pfeffer, Cayennepfeffer und Zucker abschmecken.

8. Den geriebenen Butterkäse unter den Reis mischen, die Champignons putzen und die Stiele herausdrehen.

9. Die Champignons mit der Reismasse füllen, gut andrücken, in Mehl wenden und durch die verschlagenen Eier ziehen.

10. Die gefüllten Champignons mit den Semmelbröseln panieren. Fett in einer Pfanne erhitzen und die Champignons darin goldgelb backen.

11. Die Gemüsesauce auf heißen Tellern anrichten, die gebackenen Champignons auf die Sauce setzen, mit Salatblättern garnieren und sofort servieren.

Steinpilzbruschetta

Für 4 Personen:

1 Stangenweißbrot
Olivenöl zum Bestreichen

Für das Pilzragout:
2–3 Schalotten
2–3 EL Olivenöl
250 g frische Steinpilze
Salz, Pfeffer aus der Mühle
1 Prise Muskat
1 Prise Cayennepfeffer
100 g gekochter Schinken
1/2 Bund Schnittlauch
je 2–3 Zweige Basilikum und Salbei
einige Tropfen Aceto balsamico
Spinat, Basilikum und Kirschtomaten zum Garnieren

1. Das Stangenweißbrot in Scheiben schneiden, mit Olivenöl bestreichen und im auf 180 °C vorgeheizten Backofen kurz rösten.

2. Für das Pilzragout die Schalotten schälen, in feine Würfel schneiden, das Olivenöl in einer Pfanne erhitzen und die Schalotten darin anschwitzen.

3. Die Steinpilze putzen, klein schneiden, zu den Schalotten geben und kurz mitbraten. Mit Salz, Pfeffer, Muskat und Cayennepfeffer würzen.

4. Den Schinken in feine Streifen schneiden. Den Schnittlauch und die Kräuter verlesen, waschen, fein schneiden, unter die Pilze heben und kurz erhitzen.

5. Die Brotscheiben dekorativ anrichten, mit dem Pilzragout überziehen und mit einigen Tropfen Aceto balsamico beträufeln. Mit Spinat, Basilikum und Kirschtomatenhälften garnieren und servieren.

Toastpfännchen mit Austernpilzen

Für 4 Personen:

20 g Butter
1 Zwiebel
250 g Austernpilze
50 ml Weißwein
75 g Walnusshälften
200 ml süße Sahne
Salz, Pfeffer aus der Mühle
1 Prise Muskat
1 Prise Cayennepfeffer
150 g geriebener Bel-Paese-Käse

Außerdem:
8 Scheiben Toastbrot
8 dünne Scheiben gekochter Schinken
200 g Gorgonzola
1 Bund Petersilie

1. Die Butter in einer Pfanne erhitzen. Die Zwiebel schälen, fein hacken, ins Fett geben und glasig schwitzen.

2. Die Austernpilze putzen, in mundgerechte Stücke schneiden, zu der Zwiebel geben und kurz mitschwitzen.

3. Mit Weißwein ablöschen, die Walnusshälften und die Sahne hinzufügen und das Ganze einmal aufkochen lassen.

4. Die Sauce mit Salz, Pfeffer, Muskat und Cayennepfeffer kräftig abschmecken, vom Feuer nehmen, leicht erkalten lassen und den geriebenen Bel-Paese-Käse untermischen.

5. Die Toastbrotscheiben toasten und in eine Auflaufform legen. Jede Toastscheibe mit einer Scheibe Schinken belegen, mit den Austernpilzen überziehen, mit Gorgonzolascheiben abdecken und in dem auf 220 °C vorgeheizten Backofen kurz überbacken.

6. Das Toastpfännchen mit Austernpilzen herausnehmen, anrichten, mit der verlesenen, gewaschenen und gehackten Petersilie bestreuen, ausgarnieren und servieren.

Pilztoast mit Sonnenblumenkernen

Für 4 Personen:

400 g Mischpilze (Steinpilze, Champignons, Maronen, Butterpilze)
einige Tropfen Zitronensaft
2 EL Butterschmalz
1 Zwiebel
100 ml Weißwein
200 ml süße Sahne
Speisestärke zum Binden
Salz, Pfeffer aus der Mühle
1 Prise Muskat
1 Prise Cayennepfeffer
einige Tropfen Worcestersauce

Außerdem:
4 Scheiben Toastbrot
4 Scheiben gekochter Schinken
4 große Scheiben Butterkäse
4 EL Sonnenblumenkerne
1 Bund Schnittlauch
Salatblätter und Kirschtomaten zum Garnieren

1. Die Mischpilze verlesen, putzen in mundgerechte Scheiben oder Stücke schneiden und mit Zitronensaft beträufeln.

2. Das Butterschmalz in einer Pfanne erhitzen, die geschälte, fein gehackte Zwiebel darin glasig schwitzen.

3. Die Pilze dazugeben und kurz mitbraten, mit Weißwein und der Sahne auffüllen und einmal aufkochen lassen.

4. Das Ganze mit etwas angerührter Speisestärke binden, mit Salz, Pfeffer, Muskat, Cayennepfeffer, Worcestersauce und Zitronensaft kräftig abschmecken.

5. Die Masse vom Herd nehmen und leicht erkalten lassen.

6. Die Toastbrotscheiben toasten und auf einen ofenfesten Teller legen.

7. Jede Toastbrotscheibe mit einer Schinkenscheibe belegen, mit den Pilzen überziehen und zum Schluss je eine Scheibe Butterkäse darauf legen.

8. Mit gerösteten Sonnenblumenkernen bestreuen und unter dem Grill goldgelb überbacken.

9. Den Pilztoast mit Sonnenblumenkernen herausnehmen, dekorativ anrichten, mit Salatblättern und Kirschtomaten garnieren, mit frisch geschnittenem Schnittlauch bestreuen und sofort servieren.

Kartoffeltaschen mit Pilzfüllung

Für 4 Personen:

Für den Teig:
1 kg mehlig kochende Kartoffeln
Salzwasser
2 Eier
40 g flüssige Butter
125–150 g Mehl
Salz, weißer Pfeffer aus der Mühle
1 Prise Muskat
1 Prise Cayennepfeffer
Mehl zum Ausrollen

Für die Füllung:
100 g gekochter Schinken
100 g durchwachsener, geräucherter Speck
1 Zwiebel
250 g Champignons
Saft von 1 Zitrone
1 Bund Petersilie
1 Bund Schnittlauch

Außerdem:
2 Eier
150 g Semmelbrösel
Fett zum Ausbacken
Salatblätter und Kräuterzweige zum Garnieren

1. Die Kartoffeln unter fließendem Wasser waschen, abbürsten und im Salzwasser in 20 Minuten garen.

2. Die Kartoffeln abgießen, leicht abkühlen lassen, pellen und durch die Kartoffelpresse treiben.

3. Das Kartoffelpüree mit den Eiern, der Butter und dem Mehl zu einem glatten, kompakten Teig verarbeiten und mit Salz, Pfeffer, Muskat und Cayennepfeffer würzen.

4. Den Teig auf einer bemehlten Arbeitsfläche dünn ausrollen und 8–10 cm große Kreise ausstechen.

5. Für die Füllung den Schinken und den Speck in feine Würfel oder Streifen schneiden. Beides in eine Pfanne geben und kurz anbraten.

6. Die Zwiebel schälen, fein hacken, zum Schinken geben und kurz mitbraten.

7. Die Champignons putzen, waschen, trockentupfen, in feine Würfel schneiden, mit Zitronensaft beträufeln, zum Schinkenspeck geben und kurz durchschwenken.

8. Zum Schluss die verlesenen, gewaschenen und fein gehackten Kräuter untermischen, vom Herd nehmen und erkalten lassen.

9. Die Füllung gleichmäßig auf die Teigkreise verteilen, diese zusammenklappen und an den Rändern gut andrücken.

10. Die Kartoffeltaschen zuerst durch die verschlagenen Eier ziehen und anschließend mit den Semmelbröseln panieren.

11. Fett in einer Pfanne erhitzen und die Kartoffeltaschen darin auf beiden Seiten goldgelb ausbacken.

12. Die Kartoffeltaschen dekorativ anrichten, mit Salatblättern und Kräuterzweigen garnieren und sofort servieren.

Kartoffelstrudel mit Artischocken und Pilzen

Für 4 Personen:

Für den Teig:
250 g Weizenmehl
1 Prise Salz
2 EL Olivenöl, 1 Ei
etwa 100 ml lauwarmes Wasser

Für die Füllung:
400 g Kartoffeln
2 EL Butterschmalz
100 g durchwachsener, geräucherter Speck, 1 Zwiebel
100 g Steinpilzchampignons
200 g gekochte Artischockenböden
Salz, Pfeffer aus der Mühle
1 Prise Muskat
1 Prise Cayennepfeffer
einige Tropfen Zitronensaft
einige Tropfen Worcestersauce

1. Das Weizenmehl mit dem Salz, dem Olivenöl und dem Ei auf eine Arbeitsfläche geben, das lauwarme Wasser hinzufügen und das Ganze zu einem glatten, kompakten Teig verkneten.

2. Die Kartoffeln schälen und grob raspeln. Das Butterschmalz in einer Pfanne erhitzen und den in feine Würfel geschnittenen Speck darin auslassen.

3. Die Zwiebel schälen, fein hacken, mit den Kartoffeln zum Speck geben und kurz anbraten.

4. Die Steinpilzchampignons putzen, fein hacken, mit den fein geschnittenen Artischockenböden zu den Kartoffeln geben und mitbraten.

5. Mit Salz, Pfeffer, Muskat, Cayennepfeffer, Zitronensaft und Worcestersauce abschmecken, vom Herd nehmen und erkalten lassen.

6. Den Teig auf einer bemehlten Arbeitsfläche dünn ausrollen, die Kartoffelmasse gleichmäßig darauf verteilen, zu einem Strudel zusammenrollen und auf ein ausgefettetes Backblech setzen.

7. Den Kartoffelstrudel im auf 180–200 °C vorgeheizten Backofen in 25–30 Minuten backen.

8. Nach Ende der Garzeit den Kartoffelstrudel herausnehmen, in Scheiben schneiden, dekorativ anrichten und servieren.

Geschnetzeltes mit Stockschwämmchen

Für 4 Personen:

600 g küchenfertiges Rinderfilet
Salz, Pfeffer aus der Mühle
1–2 EL Butterschmalz
1 Zwiebel
200 g frische Stockschwämmchen
100 ml Rotwein
500 ml Bratenfond
100 ml süße Sahne
Johannisbrotkernmehl oder Speisestärke zum Binden

Außerdem:
300 g Kardi, 300 g Karotten
Gemüsebrühe zum Garen
1–2 EL Butter
1 Bund Petersilie
Kräuterzweige zum Garnieren

1. Das Rinderfilet waschen, trockentupfen und in Streifen schneiden. Mit Salz und Pfeffer würzen. Das Schmalz erhitzen und das Filet darin scharf anbraten, herausnehmen und bereitstellen.

2. Die Zwiebel schälen, fein hacken, ins verbliebene Bratfett geben und glasig schwitzen. Die Pilze putzen, klein schneiden, zu der Zwiebel geben und kurz mitschwitzen.

3. Das Ganze mit Rotwein ablöschen, den Bratenfond und die Sahne angießen und kurz einreduzieren lassen. Je nach Geschmack mit etwas Johannisbrotkernmehl oder angerührter Speisestärke binden.

4. Für das Gemüse den Kardi und die Karotten putzen, die Karotten schälen, beides in mundgerechte Stücke schneiden und in der Brühe bissfest garen. Die Butter erhitzen und das Gemüse darin kurz durchschwenken, mit Salz und Pfeffer würzen.

5. Das Rinderfilet in die Sauce geben, erhitzen, aber nicht kochen lassen. Das Ganze nochmals abschmecken.

6. Das Rindergeschnetzelte anrichten, das Karotten-Kardi-Gemüse dazugeben, mit gehackter Petersilie bestreuen, mit Kräuterzweigen ausgarnieren und sofort servieren.

(ohne Abbildung)

Salz

Pilzauflauf

Für 4 Personen:

2 Schalotten
1 Stange Lauch
250 g Kirschtomaten
350 g Austernpilze
150 g Pfifferlinge
3–4 EL Olivenöl
Salz, Pfeffer aus der Mühle
1 TL Selleriesalz
1 Prise Muskat
1 Prise Cayennepfeffer
250 g geriebener Gouda
1 EL Paprikapulver edelsüß

1. Die Schalotten schälen und in feine Würfel schneiden. Den Lauch putzen, waschen und in feine Würfel schneiden.

2. Die Kirschtomaten waschen und den Strunk herausschneiden. Die Austernpilze und die Pfifferlinge verlesen, putzen und je nach Bedarf klein schneiden.

3. Das Olivenöl in einer Pfanne erhitzen, die Schalotten und den Lauch dazugeben und glasig schwitzen. Die Austernpilze und die Pfifferlinge hinzufügen und mitschwitzen.

4. Die Kirschtomaten untermischen. Mit Salz, Pfeffer, Selleriesalz, Muskat und Cayennepfeffer kräftig abschmecken.

5. Das Gemüse in eine Auflaufform füllen. Den geriebenen Gouda mit dem Paprikapulver vermischen und über das Gemüse streuen. Den Pilzauflauf im auf 180–200 °C vorgeheizten Backofen 10–15 Minuten garen.

6. Nach Ende der Garzeit den Pilzauflauf aus dem Ofen nehmen, dekorativ anrichten und servieren.

Schwäbischer Pfifferlingstopf

Für 4 Personen:

600 g Schweinefilet
Salz, Pfeffer aus der Mühle
1 EL gerebelter Majoran
2–3 EL Butterschmalz
1 Bund Frühlingszwiebeln
2–3 Karotten
1 Stück Knollensellerie
100 g Brechbohnen
100 ml Weißwein
500 ml Gemüsebrühe
250 g frische Pfifferlinge
500 g gegarte Spätzle
1 Bund Schnittlauch

1. Das küchenfertige Schweinefilet unter fließendem Wasser waschen, trockentupfen und in Scheiben schneiden. Mit Salz, Pfeffer und Majoran würzen.

2. Das Butterschmalz in einem Topf erhitzen und die Filetscheiben darin braten, herausnehmen und warm stellen.

3. Die Frühlingszwiebeln putzen, waschen, in mundgerechte Stücke schneiden.

4. Die Karotten und den Sellerie schälen, waschen und in Stücke schneiden. Mit den Frühlingszwiebeln ins verbliebene Bratfett geben und kurz anschwitzen.

5. Die Brechbohnen putzen, waschen, in Stücke schneiden und zum Gemüse geben. Mit Weißwein und Gemüsebrühe auffüllen, zum Kochen bringen und bei mäßiger Hitze 15 Minuten garen.

6. Die Pfifferlinge verlesen, putzen in den Eintopf geben und weitere 10 Minuten köcheln lassen.

7. Den Pfifferlingstopf mit Salz, Pfeffer und Majoran würzen. Zum Schluss die Spätzle und die Filetscheiben in den Eintopf geben, das Ganze erhitzen und nachwürzen.

8. Den Pfifferlingstopf mit frisch geschnittenem Schnittlauch bestreuen und servieren.

Kartoffel-Austernpilz-Gratin

Für 4 Personen:

800 g Kartoffeln
250 ml süße Sahne
250 ml Milch
Salz, Pfeffer aus der Mühle
1 Prise Muskat
1 Prise Cayennepfeffer
1 Lorbeerblatt
1 Zweig Rosmarin
1 Zweig Thymian
2 Knoblauchzehen
400 g Austernpilze
2–3 EL Butterschmalz
Fett zum Ausfetten
450 g geriebener Greyerzer Käse
Kräuterzweige zum Garnieren

1. Die Kartoffeln unter fließendem Wasser waschen, schälen und in feine Scheiben schneiden.

2. Die Sahne mit der Milch in einem Topf zum Kochen bringen. Die Kartoffelscheiben in die Sahnemilch geben, mit Salz, Pfeffer, Muskat und Cayennepfeffer würzen.

3. Das Lorbeerblatt, den Rosmarin, den Thymian und die geschälten Knoblauchzehen in ein Gewürzsäckchen füllen, zu den Kartoffeln geben und so lange kochen, bis die Sahne dick wird.

4. Die Austernpilze verlesen, putzen und klein schneiden. Butterschmalz in einer Pfanne erhitzen und die Austernpilze darin unter ständigem Rühren braten.

5. Das Gewürzsäckchen aus den Kartoffeln nehmen, die Austernpilze dazugeben und vorsichtig vermischen.

6. Die Kartoffel-Austernpilz-Mischung in eine ausgefettete Auflaufform füllen, mit dem geriebenen Greyerzer Käse bestreuen und im auf 180–200 °C vorgeheizten Backofen 35–40 Minuten garen.

7. Das Kartoffel-Austernpilz-Gratin herausnehmen, dekorativ anrichten, mit Kräuterzweigen ausgarnieren und sofort servieren.

Herzhafte Pilzterrine

Für 4 Personen:

1 kg gut gewürztes Kalbsbrät
1–2 EL geriebene Zitronenschale
100 ml süße Sahne
2–3 Karotten
1–2 EL Butter
100 g frische Champignons
100 g frische Pfifferlinge
50 g gemischte, frische Kräuter (Rosmarin, Thymian, Basilikum)
Salz, Pfeffer aus der Mühle
1 Prise Cayennepfeffer
1 Prise Muskat
200 g fetter Speck
Kräuterzweige zum Garnieren

1. Das Kalbsbrät in eine Schüssel geben, die geriebene Zitronenschale und die Sahne hinzufügen und kräftig abschlagen.

2. Die Karotten schälen, in feine Stifte schneiden. Die Butter in einer Pfanne erhitzen, die Karotten darin kurz anschwitzen. Die Pilze verlesen, putzen, je nach Bedarf klein schneiden, zu den Karotten geben und mitschwitzen.

3. Die Kräuter verlesen, waschen und fein hacken, mit dem Gemüse zum Kalbsbrät geben und vermischen. Die Masse mit Salz, Pfeffer, Cayennepfeffer und Muskat kräftig würzen.

4. Eine Terrinenform mit dem in hauchdünne Scheiben geschnittenen Speck auslegen, die Masse einfüllen, glatt streichen und mit dem restlichen Speck abdecken.

5. Ein Wasserbad in dem auf 160–180 °C vorgeheizten Backofen erhitzen, die Terrine hineinstellen und in 70–80 Minuten garen.

6. Nach Ende der Garzeit die herzhafte Pilzterrine herausnehmen, erkalten lassen, stürzen und in Scheiben schneiden. Auf Tellern dekorativ anrichten, mit Kräuterzweigen garnieren und servieren.

(Abbildung Seite 4)

Pilzklösschen mit Gorgonzolahaube

Für 4 Personen:

400 g Champignons
Saft von 1 Zitrone
1–2 EL Butter
1 Zwiebel
2 Knoblauchzehen
2 Eier
100 g frisch geriebene Weißbrotbrösel
Salz, Pfeffer aus der Mühle
1 Prise Muskat
1 Prise Cayennepfeffer

Für die Sauce:
100 ml süße Sahne
100 g Crème fraîche
Saft von 1 Zitrone
1/2 Bund Petersilie
1/2 Bund Rosmarin
150 g Gorgonzola

1. Die Champignons unter fließendem Wasser waschen, trockentupfen, sehr fein hacken und mit Zitronensaft beträufeln.

2. Die Butter in einer Pfanne erhitzen. Die Zwiebel und die Knoblauchzehen schälen, fein würfeln, ins Fett geben und glasig schwitzen.

3. Die Knoblauchzwiebeln mit den Champignons, den Eiern und dem geriebenen Weißbrot in einer Schüssel vermischen. Mit Salz, Pfeffer, Muskat und Cayennepfeffer kräftig würzen.

4. Aus der Pilzmasse Klößchen abdrehen und in eine ausgefettete Auflaufform setzen.

5. Die Sahne mit der Crème fraîche und dem Zitronensaft verrühren.

6. Die verlesenen, gewaschenen und fein gehackten Kräuter untermischen, mit Salz, Pfeffer, Muskat und Cayennepfeffer würzen und die Sauce gleichmäßig auf den Klößchen verteilen.

7. Die Pilzklößchen mit dem in Würfel geschnittenen Gorgonzola bestreuen und im auf 180–200 °C vorgeheizten Backofen 15–20 Minuten backen.

8. Die Pilzklößchen herausnehmen, dekorativ anrichten und sofort servieren.

Gemischter Pilztopf mit Rinderfilet

Für 4 Personen:

500 g Kartoffeln
1 Zwiebel
2 EL Butter oder Margarine
100 ml Weißwein
600 ml Gemüsebrühe
1 Bund Frühlingszwiebeln
100 g Steinpilze
100 g Pfifferlinge
100 g Austernpilze
100 g eingeweichte Morcheln
2 Zweige Rosmarin
Salz, Pfeffer aus der Mühle
1 Prise Muskat
1 Prise Cayennepfeffer
400 g Rinderfilet
Butterschmalz zum Braten
Kräuterzweige zum Garnieren

1. Die Kartoffeln schälen und in Würfel schneiden. Die Zwiebel schälen, fein hacken.

2. Die Butter oder Margarine in einem Topf erhitzen, die Zwiebel und die Kartoffeln dazugeben und kurz anschwitzen.

3. Mit Weißwein ablöschen, mit der Gemüsebrühe auffüllen und zum Kochen bringen.

4. Die Frühlingszwiebeln putzen und in Stücke schneiden. Die Pilze verlesen, putzen, nach Bedarf klein schneiden, mit den Frühlingszwiebeln in den Pilztopf geben und das Ganze bei mäßiger Hitze 10 Minuten köcheln lassen.

5. Den Rosmarin verlesen, waschen, gut abtropfen lassen, zerpflücken und in den Eintopf geben.

6. Mit Salz, Pfeffer, Muskat und Cayennepfeffer abschmecken und weitere 8–10 Minuten köcheln lassen.

7. Das Rinderfilet unter fließendem Wasser waschen, trockentupfen, in Streifen oder Würfel schneiden.

8. Das Butterschmalz in einer Pfanne erhitzen und das Fleisch darin medium oder durch braten. Mit Salz und Pfeffer würzen.

9. Den fertigen Pilztopf nochmals abschmecken, die Rinderfiletstücke in den Eintopf geben, erhitzen, aber nicht mehr kochen lassen.

10. Den gemischten Pilztopf mit Rinderfilet dekorativ anrichten, mit Kräuterzweigen ausgarnieren und sofort servieren.

Pilzkuchen

Für 4 Personen:

Für den Teig:
200 g Mehl
10 g Trockenhefe
4 EL Olivenöl
1 Ei
etwa 100 ml lauwarme Milch
1/2 TL Salz
Fett zum Ausfetten
Mehl zum Bestäuben

Für den Belag:
500 g gemischte Waldpilze
1 Zwiebel
2 Knoblauchzehen
1 Bund Frühlingszwiebeln
2 Zweige Thymian
2–3 EL Butter

Für den Guss:
250 g Crème fraîche
3 Eier
1 Prise Muskat
1 Prise Cayennepfeffer
Salz, Pfeffer aus der Mühle
125 g geriebener Appenzeller
frische Kräuter und
Kirschtomaten zum Garnieren

1. Das gesiebte Mehl mit der Trockenhefe, dem Olivenöl, dem Ei, der lauwarmen Milch und dem Salz in eine Schüssel geben und zu einem glatten, kompakten Teig verkneten.

2. Den Teig zugedeckt an einem warmen Ort zur doppelten Menge aufgehen lassen.

3. Den Teig erneut kräftig durchkneten und nochmals 1/2 Stunde zugedeckt gehen lassen.

4. Den Teig in der Größe einer Springform (26 cm Ø) ausrollen. Die Form ausfetten, mit Mehl bestäuben, den Teig einlegen und einen Rand hochziehen.

5. Die Waldpilze verlesen, putzen, je nach Bedarf klein schneiden. Die Zwiebel und die Knoblauchzehen schälen und fein würfeln.

6. Die Frühlingszwiebeln putzen, waschen und in feine Scheiben schneiden. Den Thymian verlesen und klein schneiden.

7. Die Butter in einer Pfanne erhitzen, Zwiebel, Knoblauch, Frühlingszwiebeln und Thymian darin glasig schwitzen.

8. Die Waldpilze dazugeben und kurz mitschwitzen, vom Herd nehmen, leicht erkalten lassen und auf dem Teig verteilen.

9. Die Crème fraîche mit den Eiern in einer Schüssel verschlagen. Mit Muskat, Cayennepfeffer, Salz und Pfeffer kräftig abschmecken und gleichmäßig auf der Pilzmischung verteilen.

10. Zum Schluss mit dem geriebenen Appenzeller bestreuen und den Pilzkuchen im auf 180 °C vorgeheizten Backofen 40–45 Minuten backen.

11. Nach Ende der Backzeit den Pilzkuchen aus dem Ofen nehmen, aus der Springform lösen, in Stücke schneiden, mit frischen Kräutern und Kirschtomaten garnieren und servieren.

Austernpilzragout

Für 4 Personen:

500 g Schweinefleisch aus der Keule
2–3 EL Butterschmalz
Salz, Pfeffer aus der Mühle
2–3 EL Sojasauce
1 Zwiebel
2 Knoblauchzehen
1 rote Chilischote
400 g Austernpilze
100 ml Weißwein
200 ml Gemüse- oder Fleischbrühe
200 ml süße Sahne
4 cl trockener Sherry
Speisestärke zum Binden
1 Bund Schnittlauch
Karotten, Lauchrauten und Kräuterzweige zum Garnieren

1. Das küchenfertige Schweinefleisch unter fließendem Wasser waschen, trockentupfen und in mundgerechte Würfel oder Streifen schneiden.

2. Das Butterschmalz in einer Pfanne erhitzen und das Fleisch darin unter ständigem Rühren braten. Mit Salz und Pfeffer würzen, mit der Sojasauce beträufeln, vom Herd nehmen und warm stellen.

3. Die Zwiebel und die Knoblauchzehen schälen, fein würfeln, ins verbliebene Bratfett geben und glasig schwitzen.

4. Die Chilischote halbieren, entkernen, klein schneiden, mit den geputzten und klein geschnittenen Austernpilzen zu den Knoblauchzwiebeln geben und kurz dünsten.

5. Den Weißwein und die Gemüse- oder Fleischbrühe angießen und das Ganze bei mäßiger Hitze 8–10 Minuten köcheln lassen.

6. Die Sahne angießen und mit Sherry aromatisieren. Mit Salz und Pfeffer würzen und mit etwas angerührter Speisestärke leicht binden.

7. Zum Schluss das Fleisch unter die Austernpilze mischen. Nochmals erhitzen, aber nicht mehr kochen lassen.

8. Das Austernpilzragout nochmals abschmecken, auf heißen Tellern anrichten, mit frisch geschnittenem Schnittlauch bestreuen, mit Karotten, Lauchrauten und Kräuterzweigen garnieren und sofort servieren.

9. Sehr dekorativ können Sie das Austernpilzragout auch in einem Reisring anrichten.

Kohlrouladen mit Pilz-Spinat-Füllung

Für 4 Personen:

1 kleiner Kopf Weißkohl
Salzwasser

Für die Füllung:
2–3 EL Butter, 1 Zwiebel
2 Knoblauchzehen
100 g Pfifferlinge
100 g frische Champignons
Saft von 1 Zitrone
50 g Cashewkerne
200 g frischer Blattspinat
Salz, Pfeffer aus der Mühle
1 Prise Muskat
1 Prise Cayennepfeffer
2 Eier, 100 g Vollkornbrot
Semmelbrösel zum Binden
2–3 EL Butter, 100 ml Weißwein
400 ml Gemüse- oder Fleischbrühe, 200 ml süße Sahne
Speisestärke zum Binden
Karottenwürfel zum Bestreuen
Basilikum zum Garnieren

1. Den Weißkohl putzen, halbieren, den Strunk herausschneiden, die Blätter ablösen und in Salzwasser blanchieren, herausnehmen und gut abtropfen lassen.

2. Für die Füllung die Butter in einer Pfanne erhitzen. Die Zwiebel und die Knoblauchzehen schälen, fein würfeln, ins Fett geben und glasig schwitzen.

3. Die Pfifferlinge und die Champignons putzen, klein schneiden, mit Zitronensaft beträufeln, zu den Knoblauchzwiebeln geben und kurz mitbraten.

4. Die gehackten Cashewkerne und den verlesenen, gewaschenen und klein geschnittenen Blattspinat zu den Pilzen geben und 3–4 Minuten dünsten. Vom Herd nehmen, mit Salz, Pfeffer, Muskat und Cayennepfeffer würzen.

5. Die Masse in eine Schüssel geben, die Eier und das geriebene Vollkornbrot dazugeben und gut vermischen. Mit Semmelbröseln leicht binden.

6. Je 3–4 Weißkohlblätter auf einer Arbeitsfläche übereinander legen, die Masse gleichmäßig darauf verteilen, mit einem sauberen, feuchten Küchentuch zu Rouladen zusammendrehen.

7. Die Butter in einem Bräter erhitzen und die Rouladen darin kurz anschwitzen. Den Weißwein und die Gemüse- oder Fleischbrühe angießen.

8. Die Kohlrouladen in dem auf 180–200 °C vorgeheizten Backofen zugedeckt 25–30 Minuten garen.

9. Nach Ende der Garzeit die Kohlrouladen herausnehmen und warm stellen. Die Sahne angießen, einmal aufkochen lassen und mit etwas angerührter Speisestärke binden.

10. Die Sauce mit Salz, Pfeffer, Muskat und Cayennepfeffer würzen, auf Tellern anrichten, die Kohlrouladen einsetzen, mit Karottenwürfeln bestreuen, mit Basilikum garnieren und mit Speck- oder Schinkennudeln servieren.

Gefüllte Tomaten mit Pilz-Reis-Füllung

Für 4 Personen:

8 große Tomaten
Salz, Pfeffer aus der Mühle
1–2 EL Butter
1 Zwiebel
2 Knoblauchzehen
100 g frische Champignons
Saft von 1 Zitrone
200 g bissfest gekochter Reis
100 g geriebener junger Gouda
je 2 Zweige Basilikum, Kerbel und Estragon
8 kleine Scheiben alter Gouda
Butter zum Ausfetten
100 ml Weißwein
200 ml Gemüsebrühe
200 ml süße Sahne
1–2 EL Tomatenmark
Basilikum zum Garnieren

1. Von den Tomaten einen Deckel abschneiden. Die Tomaten mit einem Teelöffel aushöhlen, mit Salz und Pfeffer würzen.

2. Die Butter in einer Pfanne erhitzen. Die Zwiebel und die Knoblauchzehen schälen, fein würfeln, ins Fett geben und glasig schwitzen.

3. Die Champignons putzen, waschen, trockentupfen, fein hacken, mit Zitronensaft beträufeln. Mit dem Reis zu den Knoblauchzwiebeln geben und kurz dünsten.

4. Die Reismischung vom Herd nehmen, leicht erkalten lassen, den jungen Gouda und die verlesenen, gewaschenen und fein gehackten Kräuter untermischen. Mit Salz und Pfeffer kräftig würzen.

5. Die Mischung gleichmäßig in die Tomaten füllen, diese in eine ausgefettete Auflaufform setzen, die Deckel darauf legen und mit je einer kleinen Scheibe alten Gouda belegen.

6. Den Weißwein mit der Gemüsebrühe, der Sahne und dem Tomatenmark verrühren und zu den Tomaten geben.

7. Die gefüllten Tomaten im auf 180–200 °C vorgeheizten Backofen 15–20 Minuten garen.

8. Nach Ende der Garzeit die Tomaten aus der Sauce nehmen und anrichten. Die Sauce nochmals abschmecken, zu den Tomaten geben, mit Basilikum garnieren und sofort servieren.

Gemüse-Pilz-Pfanne

Für 4 Personen:

2 Kohlrabi
2 Zwiebeln
2 rote Paprikaschoten
2–3 EL Butterschmalz
400 g Fleischwurst
300 g gemischte Waldpilze
1–2 EL Tomatenmark
1 TL Paprikapulver rosenscharf
Salz, Pfeffer aus der Mühle
250 ml Gemüsebrühe
3 Fleischtomaten
1 Bund Schnittlauch

1. Die Kohlrabi dünn schälen und in feine Stifte schneiden. Die Zwiebeln schälen und fein würfeln.

2. Die Paprikaschoten halbieren, entkernen, waschen und in Streifen schneiden.

3. Das Butterschmalz in einer Pfanne erhitzen, Zwiebeln und Paprikastreifen dazugeben und glasig schwitzen. Die Kohlrabistifte hinzufügen und kurz mitschwitzen.

4. Die Fleischwurst enthäuten, in Streifen schneiden, zum Gemüse geben und mitschwitzen.

5. Die Waldpilze verlesen, putzen, je nach Bedarf klein schneiden, zum Gemüse geben und kurz dünsten.

6. Das Tomatenmark einrühren, mit Paprikapulver bestreuen, mit Salz und Pfeffer würzen. Die Gemüsebrühe angießen und das Ganze bei mäßiger Hitze 8–10 Minuten köcheln lassen.

7. Die Fleischtomaten enthäuten, entkernen, in Streifen schneiden, zum Gemüse geben und nochmals 6–8 Minuten garen.

8. Je nach Geschmack nachwürzen, die Gemüse-Pilz-Pfanne dekorativ anrichten, mit dem verlesenen, gewaschenen und fein geschnittenen Schnittlauch bestreuen und servieren.

Nudelpäckchen mit Gemüse-Pilz-Füllung

Für 4 Personen:

2 große Nudelteigplatten (Fertigprodukt)

Für die Füllung:
1–2 EL Butter
1 Zwiebel
2 Knoblauchzehen
2 Karotten
1 Zucchini
150 g frische Champignons
Saft von 1 Zitrone
125 ml Gemüse- oder Geflügelbrühe
Salz, Pfeffer aus der Mühle
1 Prise Muskat
1 Prise Cayennepfeffer
2 EL gehackte Kürbiskerne
2 Eigelb
Fett zum Ausbacken
Kresse zum Garnieren

1. Die Nudelteigplatten auf einer bemehlten Arbeitsfläche ausrollen und Quadrate ausschneiden.

2. Die Butter in einer Pfanne erhitzen, die Zwiebel und die Knoblauchzehen schälen, fein würfeln, ins Fett geben und glasig schwitzen.

3. Die Karotten schälen, in feine Würfel schneiden. Die Zucchini putzen, waschen und würfeln. Beides zu den Knoblauchzwiebeln geben und kurz mitschwitzen.

4. Die Champignons putzen, waschen, trockentupfen, klein schneiden, mit Zitronensaft beträufeln, zum Gemüse geben und kurz mitschwitzen.

5. Die Gemüse- oder Geflügelbrühe angießen und das Ganze einmal aufkochen lassen. Mit Salz, Pfeffer, Muskat und Cayennepfeffer abschmecken und bei mäßiger Hitze 6–8 Minuten garen. Vom Herd nehmen und mit dem Pürierstab kurz durchmixen.

6. Die Kürbiskerne untermischen, die Masse gleichmäßig auf die Teigquadrate verteilen. Die Ränder mit den Eigelben bestreichen und die Quadrate zu Nudelpäckchen zusammenfalten.

7. Fett in einer Pfanne erhitzen, die Nudelpäckchen darin goldgelb ausbacken, herausnehmen, dekorativ anrichten, mit Kresse garnieren und mit einem Tomatensalat mit Zwiebeln servieren.

Spagetti mit Steinpilzpesto

Für 4 Personen:

250 g Spagetti, Salzwasser
einige Tropfen Olivenöl

Außerdem:
250 g frische Steinpilze
Saft von 1 Zitrone
100 ml Weißwein
4 Knoblauchzehen, 1 Zwiebel
30 g Mandeln
75 g Rucola, 1 Zweig Salbei
50 g geriebener Parmesankäse
100 ml Olivenöl
Salz, Pfeffer aus der Mühle
Parmesankäse zum Bestreuen
Salbei und Rosmarin zum Garnieren

1. Die Spagetti im Salzwasser mit dem Olivenöl bissfest garen, abgießen, abschrecken, gut abtropfen lassen und bereitstellen.

2. Die Steinpilze verlesen, putzen, klein schneiden, mit Zitronensaft beträufeln und in eine Schüssel geben.

3. Den Weißwein angießen. Die Knoblauchzehen und die Zwiebel schälen, fein hacken. Mit den gehackten Mandeln zu den Pilzen geben.

4. Den Rucola und den Salbei verlesen, grob hacken, zu den Pilzen geben und anschließend im Mixer oder mit dem Pürierstab pürieren.

5. Den geriebenen Parmesankäse und das Olivenöl einrühren, alles in einer Pfanne erhitzen.

6. Die Spagetti hinzufügen, durchschwenken, salzen, pfeffern, dekorativ anrichten, mit geriebenem Parmesankäse bestreuen, mit Salbei und Rosmarin garnieren und sofort servieren.

Champignonragout

Für 4 Personen:

1-2 EL Butter oder Margarine
2 Lauchzwiebeln, 1 Stange Lauch
400 g frische Champignons
Saft von 1 Zitrone
1-2 EL Tomatenmark
1 Schuss trockener Weißwein
1/4 l Gemüsebrühe
1 Becher Crème fraîche
1 Bund Schnittlauch, 4 Tomaten
Speisestärke zum Binden
Salz
weißer Pfeffer aus der Mühle
1 Prise Cayennepfeffer
2 Tassen frische, gehackte Kräuter (Zitronenmelisse, Löwenzahn, Brunnenkresse und Sauerampfer)
4 Portionen bissfest gegarte Nudeln

1. Die Butter oder Margarine in einer Pfanne erhitzen und die geputzten und in Ringe geschnittenen Lauchzwiebeln darin glasig schwitzen.

2. Den Lauch putzen, ebenfalls in Ringe schneiden, hinzufügen und kurz mitschwitzen.

3. Die geputzten Champignons in mundgerechte Stücke schneiden, mit Zitronensaft beträufeln, zum Lauch geben und mitdünsten.

4. Das Tomatenmark unterrühren, mit Wein ablöschen und mit der Brühe auffüllen. Das Ganze bei mäßiger Hitze 8–10 Minuten dünsten.

5. Die Crème fraîche und die Schnittlauchröllchen sowie die enthäuteten, entkernten und in Würfel geschnittenen Tomaten unterheben und zum Kochen bringen.

6. Das Ragout mit Speisestärke binden, mit Salz, Pfeffer und Cayennepfeffer abrunden.

7. Die frischen gehackten Kräuter unterrühren, die Nudeln erhitzen, anrichten, mit dem Champignonragout überziehen und servieren.

Pilzpflanzerl auf Paprika-Tomaten-Gemüse

Für 4 Personen:

1–2 Schalotten
2 Knoblauchzehen
1 Zweig Thymian
400 g gemischte, frische Pilze (Champignons, Austernpilze oder Shiitake-Pilze)
2–3 EL Butter
600 g gemischtes Hackfleisch
1 in Milch eingeweichtes, altbackenes Brötchen
1–2 EL Kapern
1/2 Bund Frühlingszwiebeln
1–2 EL mittelscharfer Senf
Salz, Pfeffer aus der Mühle
1 Prise Cayennepfeffer
Semmelbrösel zum Binden
Butterschmalz zum Braten

Für das Paprika-Tomaten-Gemüse:
2 gelbe oder orange Paprikaschoten
1 Zwiebel, 2 Knoblauchzehen
2–3 EL Olivenöl
400 g geschälte Pizzatomaten
200 g Kirschtomaten
Dill und Basilikum zum Garnieren

1. Die Schalotten und die Knoblauchzehen schälen und fein würfeln. Den Thymian waschen und fein schneiden.

2. Die Pilze verlesen, putzen und klein schneiden. Die Butter in einer Pfanne erhitzen. Den Knoblauch und die Schalotten dazugeben und glasig schwitzen.

3. Den Thymian und die Pilze hinzufügen und kurz dünsten, vom Herd nehmen und erkalten lassen.

4. Mit dem Hackfleisch, dem gut ausgedrückten Brötchen, den Kapern und den gewaschenen und fein geschnittenen Frühlingszwiebeln in einer Schüssel vermischen.

5. Den Senf untermischen, mit Salz, Pfeffer und Cayennepfeffer kräftig würzen, mit Semmelbröseln leicht binden.

6. Portionsweise Pilzpflanzerl abdrehen. Butterschmalz in einer Pfanne erhitzen und die Pilzpflanzerl darin braten.

7. Für das Gemüse die Paprikaschoten halbieren, entkernen, waschen, gut abtropfen lassen und in feine Streifen schneiden. Die Zwiebel und die Knoblauchzehen schälen und fein würfeln.

8. Das Olivenöl in einer Pfanne erhitzen. Die Zwiebel, den Knoblauch und die Paprikastreifen dazugeben und anschwitzen.

9. Die Pizzatomaten angießen, die Kirschtomaten waschen, den Strunk herausschneiden, die Tomaten in Stücke schneiden, in die Sauce geben und bei mäßiger Hitze 6–8 Minuten garen.

10. Mit Salz, Pfeffer und Cayennepfeffer kräftig abschmecken und dekorativ anrichten. Die Pilzpflanzerl darauf setzen, mit Dill und Basilikum garnieren und mit einem Kartoffel-Zwiebel-Püree servieren.

Pilzrouladen mit Wirsing

Für 4 Personen:

1 kleiner Kopf Wirsing
4 küchenfertige Rinderrouladen à 180–200 g
Salz, Pfeffer aus der Mühle
2 EL mittelscharfer Senf
100 g Frühstücksspeck in Scheiben (Bacon)

Für die Füllung:
1 Zwiebel, 2 Knoblauchzehen
1 EL Butter
200 g frische Champignons
200 g frische Pfifferlinge
Saft von 1 Zitrone
100 ml Weißwein
je 1/2 Bund Petersilie, Rosmarin und Thymian

Für die Sauce:
2–3 EL Butterschmalz
2 Zwiebeln, 2 Karotten
500 ml Rotwein, 250 ml süße Sahne, Speisestärke zum Binden
50 g Butter, 1 Zwiebel

1. Den Wirsing putzen, die Blätter ablösen, den harten Strunk herausschneiden. Salzwasser in einem Topf erhitzen und 8–12 Wirsingblätter darin blanchieren, herausnehmen und gut abtropfen lassen.

2. Den restlichen Wirsing in feine Streifen schneiden, kurz blanchieren und bereitstellen.

3. Die Rinderrouladen unter fließendem Wasser waschen, trockentupfen, mit Salz und Pfeffer würzen und die Innenseiten mit Senf bestreichen. Die Wirsingblätter darauf legen und mit den Speckscheiben abdecken.

4. Für die Füllung die Zwiebel und die Knoblauchzehen schälen und würfeln. Die Butter in einer Pfanne erhitzen, die Zwiebel und den Knoblauch darin glasig schwitzen.

5. Die Champignons und die Pfifferlinge putzen, in Stücke schneiden, zu den Knoblauchzwiebeln geben und kurz mitschwitzen.

6. Die Pilze mit Zitronensaft beträufeln, den Wein angießen und bei mäßiger Hitze 5–6 Minuten dünsten. Die verlesenen, gewaschenen und gehackten Kräuter untermischen, mit Salz und Pfeffer würzen.

7. Etwas Pilzmasse gleichmäßig auf dem Speck verteilen. Die Rouladen zusammenrollen und mit Küchenschnur binden. Das restliche Pilzgemüse bereit stellen. Das Schmalz in einem Bräter erhitzen und die Rinderrouladen darin rundherum Farbe nehmen lassen.

8. Die Zwiebeln und die Karotten schälen, in Würfel schneiden, zu den Rouladen geben und mitbraten. Den Rotwein angießen und die Rouladen im verschlossenen Topf im vorgeheizten Ofen bei 180–200 °C 80–90 Minuten schmoren.

9. Nach Ende der Garzeit die Rouladen herausnehmen, die Sauce pürieren, die Sahne angießen und nochmals aufkochen lassen. Mit etwas angerührter Speisestärke binden, mit Salz und Pfeffer abrunden.

10. Die Butter in einem Topf erhitzen. Die Zwiebel schälen, fein würfeln, ins Fett geben und glasig schwitzen.

11. Den restlichen Wirsing zu der Zwiebel geben und kurz dünsten. Mit Salz und Pfeffer abschmecken, die Sauce, die Rouladen, das Pilzgemüse und den Wirsing auf heißen Tellern anrichten und servieren.

Schweinefilet mit gepfefferten Austernpilzen

Für 4 Personen:

8 Schweinemedaillons à 80–100 g
Salz, Pfeffer aus der Mühle
2–3 EL Butterschmalz

Außerdem:
2–3 EL Butter
1 Zwiebel
300 g Austernpilze
4 Tomaten
1 EL geschrotete, schwarze Pfefferkörner
1 EL Kräuter der Provence
100 ml Weißwein
300 ml Gemüse- oder Fleischbrühe
Petersilie zum Garnieren

1. Die küchenfertigen Schweinemedaillons unter fließendem Wasser waschen, trockentupfen, mit Salz und Pfeffer kräftig würzen.

2. Das Butterschmalz in einer Pfanne erhitzen und die Medaillons darin anbraten. Im auf 180–200 °C vorgeheizten Backofen in 8–10 Minuten fertig garen.

3. In der Zwischenzeit die Butter in einer zweiten Pfanne erhitzen. Die Zwiebel schälen, fein würfeln, ins Fett geben und glasig schwitzen.

4. Die geputzten, klein geschnittenen Austernpilze zu der Zwiebel geben und kurz mitschwitzen.

5. Die Tomaten enthäuten, entkernen, in Stücke schneiden, zu den Pilzen geben und mit geschroteten, schwarzen Pfefferkörnern und Kräutern der Provence bestreuen.

6. Das Gemüse mit Salz und Pfeffer würzen. Den Weißwein und die Gemüse- oder Fleischbrühe angießen und die Pilze bei mäßiger Hitze 6–8 Minuten köcheln lassen.

7. Nach Ende der Garzeit die gepfefferten Austernpilze auf heißen Tellern anrichten. Die Schweinemedaillons darauf legen, mit Petersilie garnieren und mit Kartoffelkroketten servieren.

Geflügelgeschnetzeltes mit Rahmchampignons

Für 4 Personen:

4 Hähnchenbrustfilets, gewürzt
1–2 EL Butterschmalz
1–2 EL Butter, 1 Zwiebel
500 g Champignons in Scheiben
1 Glas Weißwein
Saft von 1 Zitrone
1/4 l gebundene helle Sauce
2 Becher süße Sahne
50 g geriebener Parmesankäse
Salz, Pfeffer aus der Mühle
1 Prise Muskat
1 Prise Cayennepfeffer

Außerdem:
8 Reibekuchen
geschlagene Sahne, Cocktailtomaten und Kresse zum Garnieren

1. Die Hähnchenbrustfilets auftauen lassen, in Scheiben schneiden und in einer Pfanne mit etwas Butterschmalz braten, herausnehmen und warm stellen.

2. Die Butter ins verbliebene Bratfett geben und die geschälte, fein gehackte Zwiebel darin glasig schwitzen.

3. Die Champignons dazugeben, kurz dünsten, mit Weißwein und Zitronensaft ablöschen und mit der gebundenen hellen Sauce auffüllen.

4. Die Sahne einrühren und das Ganze fünf Minuten einreduzieren lassen.

5. Den Parmesankäse untermischen, mit Salz, Pfeffer, Muskat und Cayennepfeffer abschmecken.

6. Das Fleisch in die Sauce geben, nochmals erhitzen und kräftig abschmecken.

7. Das Geschnetzelte mit den gebratenen Reibekuchen anrichten, mit einem Tuff geschlagener Sahne, halbierten Cocktailtomaten und Kresse garnieren und servieren.

Hähnchenbrustfilets mit Pfifferlingsrahm

Für 4 Personen:

4 Hähnchenbrustfilets
Salz, Pfeffer aus der Mühle
2 EL Butterschmalz
1 Zwiebel
200 g Pfifferlinge (frisch oder TK-Produkt)
50 ml Rotwein
250 ml Gemüse- oder Geflügelbrühe
200 ml süße Sahne
2–3 EL Sojasauce
1 EL Honig
1 Prise Cayennepfeffer
1 Prise Zucker
Speisestärke zum Binden
Kräuterzweige zum Garnieren

1. Die küchenfertigen Hähnchenbrustfilets unter fließendem Wasser waschen, trockentupfen, mit Salz und Pfeffer würzen.

2. Das Butterschmalz in einer Pfanne erhitzen und die Hähnchenbrustfilets darin auf beiden Seiten anbraten.

3. Die Filets im auf 180–200 °C vorgeheizten Backofen 10–12 Minuten garen, herausnehmen und warm stellen.

4. Die Zwiebel schälen, fein würfeln, ins verbliebene Bratfett geben und glasig schwitzen.

5. Die geputzten, nach Bedarf klein geschnittenen Pfifferlinge zu der Zwiebel geben und kurz mitschwitzen.

6. Den Rotwein und die Gemüse- oder Geflügelbrühe angießen. Die Sahne einrühren und das Ganze bei starker Hitze kurz einreduzieren lassen.

7. Die Sauce mit Sojasauce und Honig verfeinern, mit Salz, Pfeffer, Cayennepfeffer und Zucker abrunden.

8. Die Sauce mit etwas angerührter Speisestärke leicht binden und auf heißen Tellern verteilen.

9. Die Hähnchenbrustfilets in Scheiben schneiden, auf den Pfifferlingsrahm legen, mit Kräuterzweigen garnieren.

10. Dazu serviert man Gemüsekartoffeln mit Quark-Käsefüllung und ein Kartoffel-Lauch-Gemüse.

Champignonragout mit pochiertem Lachs

Für 4 Personen:

100 g Schalotten
1–2 EL Butter
500 g frische Champignons
Saft von 1 Zitrone
125 ml Weißwein
250 ml Gemüsebrühe
125 g Crème fraîche
30 g gemischte Kräuter (Estragon, Dill, Petersilie)
Speisestärke zum Binden
Salz, Pfeffer aus der Mühle
1 Prise Muskat
1 Prise Cayennepfeffer
einige Tropfen Zitronensaft
einige Tropfen Worcestersauce
2–3 Tomaten

Außerdem:
800 g Lachsfilet
500 ml Gemüse- oder Fischbrühe
2 Lorbeerblätter
einige Nelken
1 Vanilleschote
50 ml Apfelessig
1 Prise Zucker
Kräuterzweige und Limettenecken zum Garnieren

1. Die Schalotten schälen und in Würfel schneiden. Die Butter in einem Topf erhitzen und die Schalotten darin anschwitzen.

2. Die Champignons putzen, waschen, trockentupfen, in Scheiben schneiden oder vierteln, mit Zitronensaft beträufeln, zu den Schalotten geben und kurz mitschwitzen.

3. Mit Weißwein ablöschen, die Brühe angießen und bei mäßiger Hitze 6–8 Minuten köcheln lassen.

4. Die Crème fraîche mit den verlesenen, gewaschenen und fein gehackten Kräutern einrühren und einmal aufkochen lassen.

5. Das Champignonragout mit etwas angerührter Speisestärke leicht binden, mit Salz, Pfeffer, Muskat, Cayennepfeffer, Zitronensaft und Worcestersauce abschmecken und zum Schluss die enthäuteten, entkernten und in Würfel geschnittenen Tomaten untermischen.

6. Das küchenfertige Lachsfilet in 8 Teile schneiden, unter fließendem Wasser waschen, trockentupfen, mit Zitronensaft und Worcestersauce beträufeln, mit Salz und Pfeffer würzen. Im Kühlschrank 10 Minuten ziehen lassen.

7. Die Gemüse- oder Fischbrühe mit den Lorbeerblättern, den Nelken, der aufgeschnittenen Vanilleschote und dem Apfelessig in einem Topf zum Kochen bringen. Mit Salz, Pfeffer und Zucker abrunden. Die Lachsfilets im Sud 10–12 Minuten garen.

8. Das Champignonragout auf heißen Tellern anrichten, die Lachsfilets darauf legen, mit Kräuterzweigen und Limettenecken garnieren und mit bissfest gegarten Nudeln servieren.

Forellenfrikassee in Champignonsauce

Für 4 Personen:

600 g küchenfertige Forellenfilets
Saft von 1 Zitrone
einige Tropfen Worcestersauce
Salz, Pfeffer aus der Mühle
Mehl zum Wenden
2–3 EL Butter

Für die Sauce:
2 EL Butter
3 Schalotten
1 Knoblauchzehe
200 g frische Champignons
Saft von 1 Zitrone
100 ml trockener Weißwein
200 ml Gemüse- oder Fischbrühe
200 ml süße Sahne
1/2 Bund Schnittlauch
Petersilie und Kirschtomaten zum Garnieren

1. Die Forellenfilets unter fließendem Wasser waschen, trockentupfen, in mundgerechte Stücke schneiden, mit Zitronensaft und Worcestersauce beträufeln, mit Salz und Pfeffer würzen und im Kühlschrank 10–15 Minuten ziehen lassen.

2. Die Forellenstücke in Mehl wenden. Butter in einer Pfanne erhitzen und die Forellenstücke darin braten, herausnehmen und warm stellen.

3. Die Butter ins verbliebene Bratfett geben, die Schalotten und die Knoblauchzehen schälen, fein würfeln, ins Fett geben und glasig schwitzen.

4. Die Champignons putzen, waschen, trockentupfen, in Scheiben schneiden, mit Zitronensaft beträufeln. Zu den Schalotten geben und kurz dünsten.

5. Den Weißwein und die Gemüse- oder Fischbrühe angießen, einmal kräftig aufkochen lassen. Die Sahne einrühren und kurz einreduzieren lassen.

6. Die Sauce mit Salz, Pfeffer, Zitronensaft und Worcestersauce abschmecken. Die Forellenfilets hinzufügen und erhitzen.

7. Das Forellenfrikassee mit der Champignonsauce anrichten, mit dem verlesenen, gewaschenen und fein geschnittenen Schnittlauch bestreuen, mit Petersilie und Kirschtomaten garnieren und mit Petersilienkartoffeln servieren.

Pfannkuchenauflauf mit Champignons

Für 4 Personen:

Für den Teig:
250 g Mehl
500 ml Milch
3 Eier
1 TL Salz
1 Prise Muskat
Butter zum Ausbacken

Außerdem:
1 Zwiebel, 2 Knoblauchzehen
2–3 EL Butterschmalz
1 rote Paprikaschote (200 g)
400 g frische Champignons
Saft von 1 Zitrone
100 ml Weißwein
200 ml süße Sahne
Salz, Pfeffer aus der Mühle
1 Prise Cayennepfeffer
1 Bund Petersilie
Fett zum Ausfetten
100 g geriebener Emmentaler
Petersilie zum Garnieren

1. Das Mehl mit der Milch, den Eiern, dem Salz und dem Muskat in eine Schüssel geben und zu einem glatten Teig verrühren.

2. Butter in einer Pfanne erhitzen, portionsweise den Teig einfüllen und Pfannkuchen goldgelb ausbacken. Die Pfannkuchen herausnehmen und bereitstellen.

3. Die Zwiebel und die Knoblauchzehen schälen und in feine Würfel schneiden. Butterschmalz in einer Pfanne erhitzen, Zwiebel und Knoblauch darin glasig schwitzen.

4. Die Paprikaschote halbieren, entkernen, waschen, in Würfel oder Streifen schneiden, zu den Knoblauchzwiebeln geben und mitbraten.

5. Die Champignons putzen, waschen, trockentupfen, in Scheiben schneiden und mit Zitronensaft beträufeln. Zum Gemüse geben und kurz braten.

6. Den Weißwein und die Sahne angießen, das Ganze zum Kochen bringen und bei mäßiger Hitze 4–5 Minuten köcheln lassen.

7. Die Champignons mit Salz, Pfeffer und Cayennepfeffer kräftig abschmecken und die verlesene, gewaschene und fein gehackte Petersilie untermischen.

8. Eine Auflaufform ausfetten, schichtweise die Pfannkuchen und die Champignonsauce einfüllen, mit dem geriebenen Emmentaler bestreuen und im auf 180–200 °C vorgeheizten Backofen 35–40 Minuten backen.

9. Nach Ende der Garzeit den Pfannkuchenauflauf aus dem Ofen nehmen, mit Petersilie garnieren und servieren.

Register

ISBN 3-907194-29-2